U0623905

BuYiYangDeMaDeLin

不一样的玛德琳

（美）路德维格·贝梅尔曼斯 著

沐子 编译

九州出版社
JIUZHOUPRESS

图书在版编目（CIP）数据

不一样的玛德琳 /（美）路德维格·贝梅尔曼斯著；沐子编译 . —
北京：九州出版社,2019.5

ISBN 978-7-5108-7954-8

Ⅰ . ①不… Ⅱ . ①路…②沐…Ⅲ . ①儿童故事－图画故事－
美国－现代Ⅳ . ① I712.85

中国版本图书馆 CIP 数据核字（2019）第 056427 号

不一样的玛德琳

作　　者	（美）路德维格·贝梅尔曼斯著　沐子编译
出版发行	九州出版社
地　　址	北京市西城区阜外大街甲 35 号（100037）
发行电话	(010)68992190/3/5/6
网　　址	www.jiuzhoupress.com
电子信箱	jiuzhou@jiuzhoupress.com
印　　刷	北京竹曦印务有限公司
开　　本	710 mm×1000 mm　　1/16
印　　张	14
字　　数	18 千字
版　　次	2019 年 5 月第 1 版
印　　次	2019 年 5 月第 1 次印刷
书　　号	ISBN 978-7-5108-7954-8
定　　价	58.00 元

★ 版权所有　侵权必究 ★

序言
xuyan

　　在巴黎，有一栋老房子，里面住着十二个可爱的小姑娘。小姑娘们不论做什么事情，总喜欢排成两行。她们中有个女孩名叫玛德琳，就是个头最小的那一位。玛德琳看见老鼠也不害怕，就算在动物园里看见凶猛的大老虎，也会满不在乎地冲着老虎说："喵呜—— 喵呜——"。

　　这个小女孩就出自美国绘本画家路德维格·贝梅尔曼斯于 1939 年创作的"玛德琳"系列的第一本书《玛德琳》，这本书不但成了他的代表作，还为他赢得了凯迪克奖银奖。在接下来的十几年里，他又陆续出版了"玛德琳"系列的其他几本书。其中《玛德琳的救命狗》获得了 1954 年凯迪克奖金奖。"玛德琳"系列成了世界儿童文学中的经典。《纽约先驱论坛报》曾评价说：一生中能拥有一两本写玛德琳的书，真是极大的幸运。可见这本书在大家心目中的地位。

　　1935 年，贝梅尔曼斯与玛德琳·弗洛伊德结婚，不久后他们有了一个女儿，取名芭芭拉，玛德琳就是以芭芭拉为原型创作的。画家笔下的玛德琳是一个活泼开朗、热情善良、勇敢乐观的小女孩，这很大一部分也是继承了画家本人的性格。

　　这本书不仅描绘了机智勇敢的玛德琳的日常生活，让孩子们透过书本中的玛德琳收获了快乐和勇气，更吸引人的是书本中作者画出了很多巴黎的风景，像巴黎圣母院、卢浮宫、卢森堡公园等等，让你在看书的过程中能有更深的代入感。让我们打开这本书，认识一下这个乐观开朗的女孩玛德琳，也和她一起畅游在另一个美丽多彩的国度中。

目录
mulu

第一章
不一样的玛德琳

在巴黎，有一栋老房子，
绿油油的青藤爬满了屋外的墙壁。

老房子里住着十二个可爱的小姑娘，
小姑娘们不论做什么事情，总喜欢排成两行。

她们吃饭的时候会排成两行，

刷牙的时候会排成两行。

就连睡觉的时候，

小姑娘们也排成了两行。

她们遇见好人的时候，

会为他送上微笑。

遇见坏人的时候，
就会皱眉头瞪着他。

偶尔，
小姑娘们也会遇见令她们伤心难过的事情。

在每个清晨九点半，小姑娘们总是准时离开老房子，
当然她们还是一如既往地排成两行。

不管是风雨交加的时候，

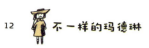

还是风和日丽的时候，
她们总是会准时出门。

她们中有个女孩名叫玛德琳，
就是个头最小的那一位。

玛德琳就算看见老鼠也一点都不害怕。

她最喜欢的就是冬天，
因为可以去滑雪和溜冰。

玛德琳就算在动物园里看见凶猛的大老虎，

也会满不在乎地冲着老虎说："喵呜——喵呜——"

玛德琳既可爱又调皮，
有时还会把克拉菲小姐吓得几乎要晕过去。

有天夜里，克拉菲小姐忽然醒来，

打开台灯，"好像有什么事情不大对劲啊？"

只见小玛德琳正坐在床上号啕大哭，
眼睛哭得又红又肿。

不一会儿，科恩大夫也赶了过来，

他检查了下小玛德琳，然后立刻冲到电话旁，

拿起电话，拨通一个号码，然后对着电话说：
"护士，我们这里有位孩子得了急性阑尾炎！"

这话被十二个小姑娘听见了，她们被吓得哇哇大哭，眼泪啪嗒啪嗒地往下掉。
科恩大夫抱起玛德琳，温暖的毯子裹在她身上，特别有安全感。

很快救护车就来了，
带着他们疾驰在黑夜中，警笛声划破夜空。

过了两个小时，
玛德琳醒了过来，看见屋子里摆满了美丽的鲜花。

很快，玛德琳就能吃能喝，
还能自己摇着把手，把病床摇上来摇下去。

玛德琳发现在天花板上有个裂缝，
看起来很像一只可爱的小兔子。

窗外是蓝天白云、绿树和鸟儿，
十天的时间飞快地过去了。

在一个阳光明媚的清晨，

克拉菲小姐对小姑娘们说："今天真是个好天气啊——

不如我们大家一起，

去探望还在医院的玛德琳。"

到了病房外，
看到牌子上写着：探视时间——下午两点到四点。

大家带了很多鲜花，还有一个花瓶，
她们安静地排成两行走进病房。

她们走进病房一瞧，

都忍不住大声惊呼："哇——"

病房里全都是糖果和玩具，还有一个娃娃屋，都是玛德琳的爸爸送给她的。

　　更让大家好奇的是，玛德琳的肚子上居然多了一道疤。

探视的时间结束了，小姑娘们向玛德琳道别：

"再见玛德琳，我们过两天再来看你。"

她们刚走出医院，
外面就下起了雨。

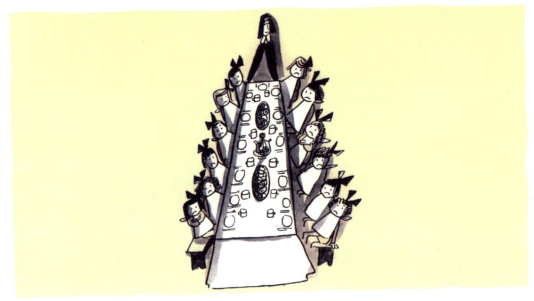

她们回到老房子，
排成两行吃完面包，刷完牙。

排成两行躺在床上睡觉。

到了半夜的时候，克拉菲小姐又突然打开台灯，

"好像有什么事情不大对劲啊？"

害怕孩子们发生什么意外，

克拉菲小姐飞奔过去，

加速再加速！

克拉菲小姐推开门问道：

"发生了什么事？快告诉我，孩子们。"

十一个孩子全都坐在床上号啕大哭，
"我们也得了急性阑尾炎，要去医院做手术！"

原来是虚惊一场，克拉菲小姐听完松了一口气：

"我亲爱的小公主们，你们的身体都好着呢，快去乖乖地睡觉吧，晚安！"

然后克拉菲小姐熄了灯，关上了门。

第二章
寻找小狗珍妮弗

玛德琳既可爱又调皮，有时还会把克拉菲小姐吓得几乎要晕过去。

只见她忽然脚底一滑，一下从桥上跌入水中。

可怜的玛德琳，眼看着就要沉到水底。

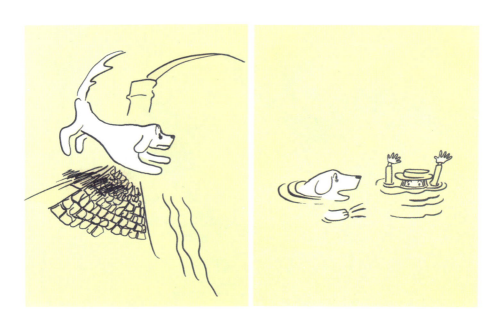

忽然出现一只小狗，一下跳进水里。

托着玛德琳游到了岸边的码头。

克拉菲小姐抱着玛德琳，和孩子们一起回到了老房子里。

克拉菲小姐担心坏了："希望你以后都能乖乖听话，

快把这杯菊花茶喝了。"

"晚安，孩子们，祝你们做个好梦！" "亲爱的克拉菲小姐，您也晚安。"

克拉菲小姐熄了灯、关上门，
姑娘们立刻大吵大闹，因为她们都想抱着狗狗睡觉。

新来的这名狗狗学生，
不仅聪明，还是个热心肠。

它喜欢吃饼干、牛肉，还喜欢喝牛奶，
大家给它起名叫珍妮弗。

珍妮弗唱歌很好听，大家甚至觉得它都能开口说话。

珍妮弗最喜欢和姑娘们一起去散步。

半年就这么过去了，
屋外雪花飞舞，屋里却温暖如春。

很快"五一"就要到了，
每年这个时候，大家总是坐立不安的。

因为这一天，
会有很多董事会的人来学校巡查。

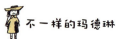

他们会检查学校的角角落落，
这让大家都感到十分紧张。

"嗯？是谁躲在床下？""快出来让我看看！"

"天哪！居然是一只小狗！校规上不是说：校园里不许养狗！"

"快把这只狗赶出去，克拉菲小姐。"董事长严肃地说道。

"请不要把狗狗赶走好吗，孩子们都很喜欢它。"克拉菲小姐说。

董事长板着脸说：

"居然让孩子们和一只来路不明的小狗生活在一起，实在是太丢人了！"

"快走，快走！滚开，滚开！有多远走多远，不许再回来了！"
董事长就这么赶走了可怜的珍妮弗……

　　珍妮弗被赶走之后，玛德琳难过地跳到椅子上，

大声哭喊："他们不该把珍妮弗赶走，珍妮弗是有着最珍贵血统的小狗！"

"我们再难过也没有用，还是快快换上衣服出去找它吧，
速度快一些没准还能找到呢。"

孩子们这里找一找，

那里瞧一瞧，

没有放过任何一个珍妮弗可能藏身的角落。

街上到处都能听见孩子们呼喊珍妮弗的声音。

孩子们四处找寻，

还是没能找到珍妮弗。

就连警察都说：

"我们也没有看到你们丢失的小狗，太抱歉了。"

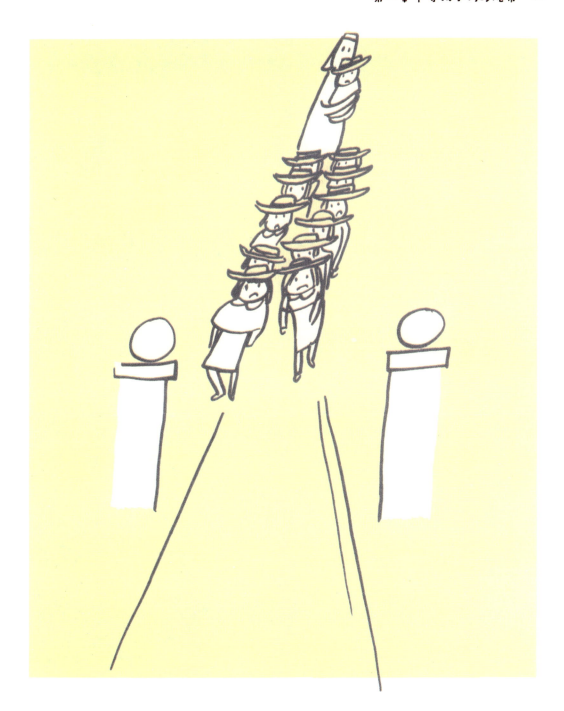

几个小时就这么过去了，
孩子们最后只好垂头丧气地回家了。

"你在哪里呢，珍妮弗？请你快回到我的身边来吧。"

这天夜里，克拉菲小姐忽然打开台灯，
"好像有什么事情不大对劲啊？"

是珍妮弗坐在路灯下面，
灯光照耀在它的身上。

孩子们争先恐后地去抱珍妮弗，
又喂它吃了很多好吃的，这才回到床上休息了。

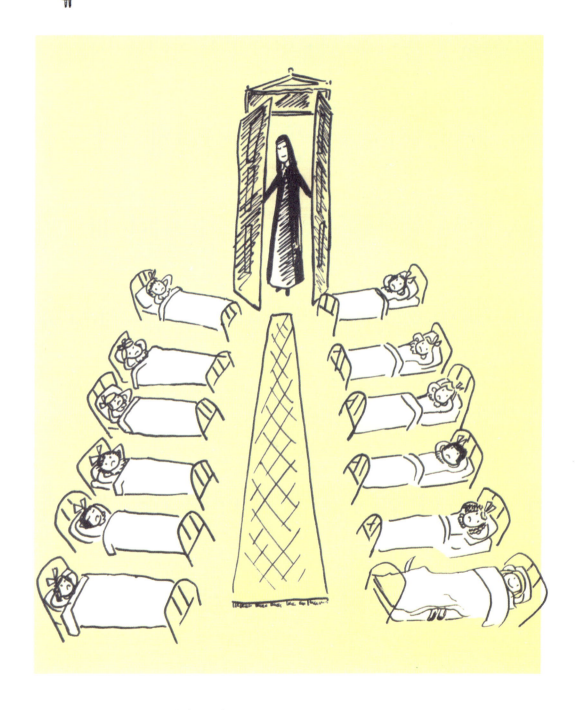

"晚安，孩子们，祝你们做个好梦！"

"亲爱的克拉菲小姐，您也晚安。"

克拉菲小姐熄了灯、关上门，姑娘们立刻大吵大闹，

"珍妮弗今晚要跟我一起睡觉！"

这天夜里，
克拉菲小姐第二次打开了台灯。

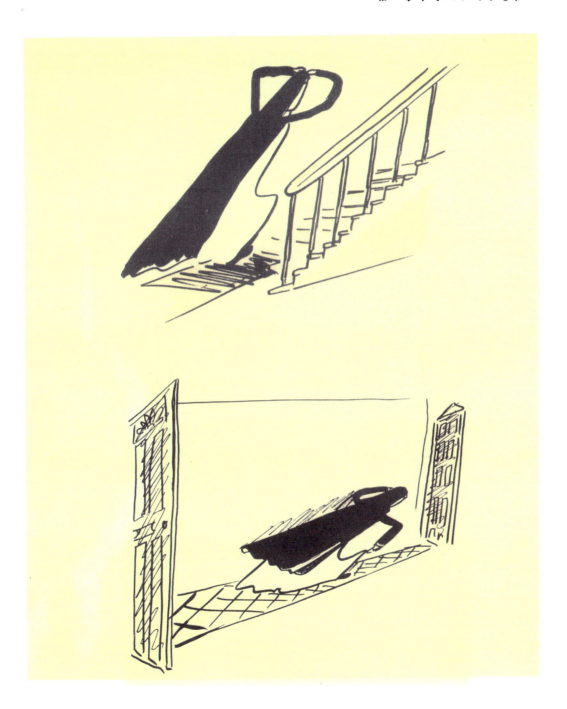

害怕孩子们发生什么意外，克拉菲小姐飞奔过去，
加速再加速！

"你们要是再这么吵下去，我只好让珍妮弗离开这里了！"

孩子们一下子停止了争吵——屋子里安安静静。

这天夜里，
克拉菲小姐第三次打开了台灯。

这是什么情况？

怎么突然多了这么多狗狗！

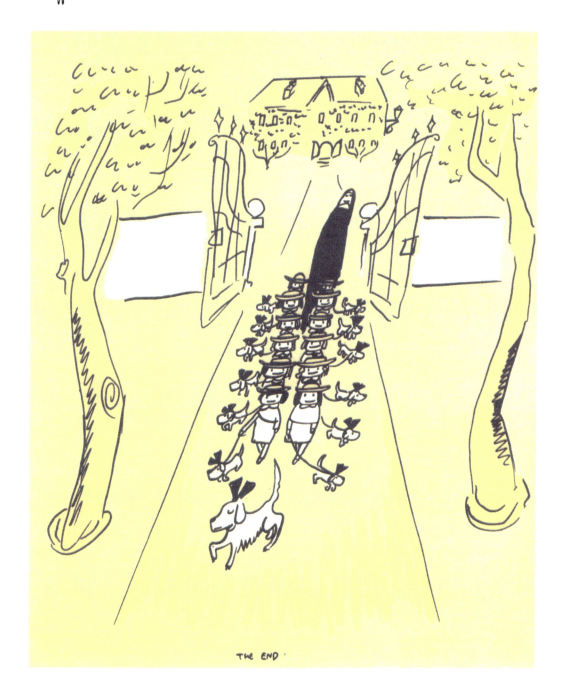

这下，所有的姑娘，
每人都可以有一只狗狗了。

第三章
新邻居派皮淘

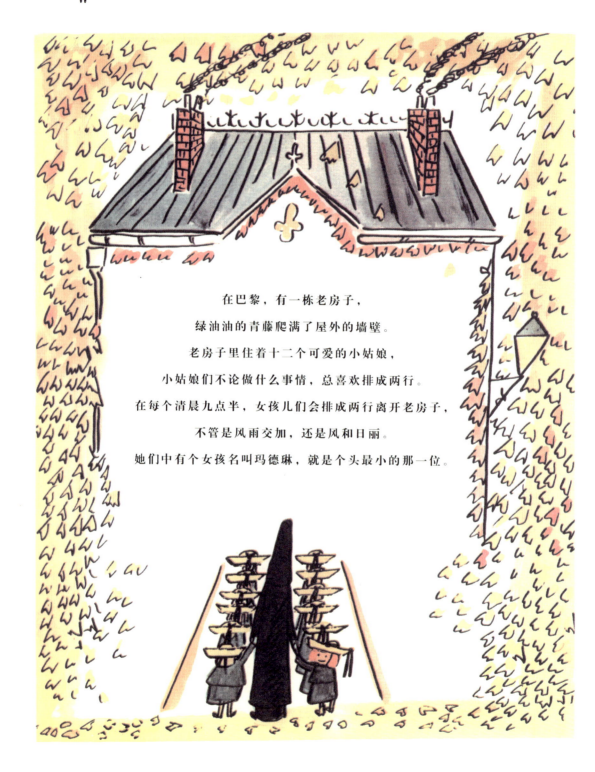

在巴黎，有一栋老房子，

绿油油的青藤爬满了屋外的墙壁。

老房子里住着十二个可爱的小姑娘，

小姑娘们不论做什么事情，总喜欢排成两行。

在每个清晨九点半，女孩儿们会排成两行离开老房子，

不管是风雨交加，还是风和日丽。

她们中有个女孩名叫玛德琳，就是个头最小的那一位。

有一天，
老房子的隔壁搬来了西班牙大使一家。

孩子们就和大使一家成了邻居。

"看啊，姑娘们，大使一家人多么幸福甜蜜。"

他们家有一个儿子，
名字叫作派皮淘。

"派皮淘一看就是个淘气包！"
玛德琳指着对面的小男孩说。

春天的时候，鸟儿们在树上欢快地唱着歌，

忽然"咻"的一声，

"哎哟！什么东西打得我好疼啊？"

把正在做早操的女孩儿们吓了一跳。

夏天的夜里，酷暑难当，
派皮淘却还装成鬼怪出来吓人。

秋天的时候，他开始吹牛，
说再没人能比他放的风筝飞得更高了。

冬天的时候，

新年到了，派皮淘忽然变得绅士了。

溜冰时的他满怀信心，不仅速度快，
还能立得稳。

"知书达理的派皮淘真是可爱！"
克拉菲小姐夸赞道。

　　有一天，派皮淘爬上围墙，冲着女孩儿们喊道：
　"哎，隔壁的女孩儿们，来我家玩吧，我有好多玩具和狩猎回来的战利品——
　　有青蛙、各种昆虫、蝙蝠、小鸟，还有松鼠、刺猬和两只小猫。"

玛德琳听见了他的话，回答道："我们才不稀罕你的东西呢，
请不要大呼小叫地来打扰我们。"

派皮淘回到屋里，照着镜子换了一身衣服：
"这一次她们一定不会拒绝我了。"

可玛德琳却说：

　　"你这身打扮就像斗牛士一样，才不像我们心目中的英雄。"

派皮淘听见后垂头丧气地离开了，他觉得特别孤单，于是把自己关进了房间。

谁知没过多久，他又回到了以前的样子，
变回了那个淘气又调皮的派皮淘。

克拉菲小姐觉得他之所以会这样，
就是因为他闲着没事儿干。

"对于这么好动的小男孩来说，
一个工具箱是再好不过的礼物了。"

"你们仔细听，他的工具箱已经派上用场了，
叮叮当当的，他玩得多开心啊！"

唉——
谁知派皮淘太让大家失望了！

他居然钉了一个断头台放在院子里！

院子里的公鸡看到厨师就已经惊恐万分，

更别提还要面对一个断头台了！

派皮淘可不管这些，依旧大口吃着烤鸡、炸鸡、煎鸡排。

天哪，这个小男孩真是坏透了！

这一天，

女孩儿们排成两行一起出门散步。

玛德琳走着走着忽然停住，"看，那个男孩是我们认识的！"
原来是派皮淘！他背上背着一个圆鼓鼓的背包。

附近的流浪狗全都紧紧地跟在他的身后，
而且狗狗的数量还在增加。

"看来是我误会了他呢,

你们看，
他给流浪狗准备了这么多的食物。"

派皮淘打开背包，只见一只猫忽然跳了出来，
派皮淘对狗狗们说："我们来玩一个抓猫的游戏吧！"

狗狗一看见猫就狂吠不止，
吓坏了的猫发现周围一棵能藏身的树也没有，
只能跳到派皮淘的头上了。

可怜的派皮淘吓得大声呼喊"救命啊！"
和所有遇见危险的人一样拼命呼救着。

克拉菲小姐见大事不好，
立马冲了过去。

多亏她眼疾手快，解救了派皮淘。玛德琳也冲过去，把小猫抱在了怀里。

"快走吧，狗狗们！走吧，淘气鬼！我们送你回家吧，以后再也别搞恶作剧了。"

这件事情被大使一家知道了，

他们很是悲伤难过，痛心不已。

大使夫人对克拉菲小姐救了她的宝贝儿子表示感谢，
边说还边擦眼泪。

大使先生说：

"姑娘们，欢迎你们常来探望派皮淘，好让他可以振作起来，也快点好起来。"

"只不过每次只能进去一位。
亲爱的玛德琳小姐，

可以请你先去探望他吗？"

玛德琳轻声走进房间，小声地说："派皮淘，这些都是你自作自受，
看看你对那只可怜的小猫都做了什么，你太可恶了！"

派皮淘说："我再也不会伤害小动物了，再也不搞恶作剧了。"
"希望你说到做到！"玛德琳说，"我们可是有好多双眼睛盯着你呢！"

后来，简直不敢相信，以前只爱吃肉的淘气鬼派皮淘，

居然爱上了吃蔬菜。

就连以前他抓的小动物们——

乌龟、兔子、蝙蝠、小鸟，也全都被放回了大自然。

再后来，派皮淘对动物们越来越关心了。

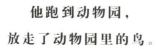

他跑到动物园，
放走了动物园里的鸟。

克拉菲小姐劝告他：
"派皮淘，这样是不对的哦！"

派皮淘放完小鸟又放大象，
吓得小姑娘们抱着克拉菲小姐大叫。

这时，玛德琳却淡定地说：
"一切交给我吧。"

玛德琳来到派皮淘身边说："我们知道
你再也不是淘气的派皮淘了，你是我们
的开心果，是世界上最棒的孩子。"

然后，
小姑娘们一起回到家里。

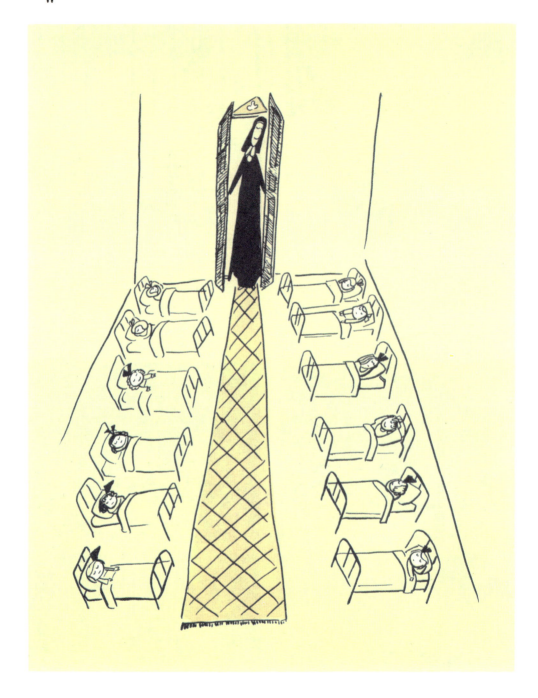

克拉菲小姐熄了灯，小声说：

"感谢神，我就知道一切都会好起来的。"

第四章
逃离马戏团

在巴黎，有一栋老房子，

绿油油的青藤爬满了屋外的墙壁。

老房子里住着十二个可爱的小姑娘，

小姑娘们不论做什么事情，总喜欢排成两行。

她们吃饭的时候会排成两行，

刷牙的时候会排成两行。

就连睡觉的时候，小姑娘们也排成了两行。

每个清晨，女孩儿们都会排成两行离开老房子，

不管是风雨交加，还是风和日丽。

她们中有个女孩名叫玛德琳，就是个头最小的那位。

老房子隔壁还有一所老房子，

西班牙大使一家就住在那里。

这会儿大使夫妇都不在家，

家里只剩下他们的儿子派皮淘，

他找不到人一起玩耍，

就爬上墙头对女孩儿们说：

"我要邀请你们去参加吉卜赛的狂欢节，

我们一起去玩儿吧。"

于是，亲爱的小朋友们——

故事就这么开始啦!

摩天轮一圈又一圈地转着,真希望可以一直这么旋转下去,

小姑娘们在摩天轮上大声地喊着:

"让我们再转一圈吧,拜托你啦,克拉菲小姐!"

忽然间狂风骤雨，雷电交加，公鸡被吓得四处逃窜。

摩天轮也停止了旋转，游客们全都惊慌失措地往外跑。

万幸的是，旁边就有一个出租车站点。

九点半的时候，孩子们终于到家了。

"孩子们，快把湿衣服换掉，今天大家可以在床上享用晚餐。"

这时，莫非太太正好端来了暖胃汤。

"天哪！"

克拉菲小姐这才发现，玛德琳居然不见了！

原来，电闪雷鸣的时候，大家各自忙着回家，
可怜的派皮淘和玛德琳却被忘在了摩天轮的最顶上。

"你别担心，我会爬下去找人来救你的！"派皮淘安慰玛德琳说。
这时，暴风雨变得更加猛烈了，
爬到下面的派皮淘"哐哐"地敲着吉卜赛大篷车的门。

　　吉卜赛夫人撑着雨伞，跑到马戏团帐篷里找人帮忙。

　　多亏了小丑和大力士，可怜的玛德琳最后终于被救了出来。

玛德琳和派皮淘被吉卜赛夫人带进了屋里，

躺在她家温暖的床上，喝着吉卜赛夫人为他们熬制的热汤药。

吉卜赛人后来拆了摩天轮，收了帐篷，把所有的家伙都装进了大篷车里。

他们渴望去浪迹天涯，所以从不会在一个地方停留过多时间。

经过这场暴风雨的洗礼，整个城市都被雨水冲洗干净，
雨后的空气很新鲜，天空也变得格外的蓝。

玛德琳和派皮淘随着吉卜赛人一起，来到了枫丹白露宫殿。
"孩子们，你们可以在这里尽情玩耍！"

他们跳进泳池快乐地游泳，

其他的孩子都羡慕他们可以不用去学校上课，

不用被强迫去刷牙，

居 然——

还可以不用按时睡觉。

他们在吉卜赛人那里学会了很多优雅的动作。

学会了如何掌控速度和力量。

就连马戏团里的马，他们都能轻松驾驭。

亲爱的克拉菲小姐：

我和派皮淘目前生火在一个
马西团里
我们过得很好，请不要为我们丹心
爱你的派皮淘和玛德琳

——巴厘的
克拉菲小姐 收

不知过了多久，有一天，玛德琳说：
"我们应该给克拉菲小姐写一封信报个平安了。"

身边只剩下十一个小姑娘的克拉菲小姐每天都为玛德琳和派皮淘担心难过，

所以当她收到玛德琳的明信片时，

可怜的克拉菲小姐脸上终于有了笑容。

虽然明信片上一堆的错别字，

克拉菲小姐还是看懂了他们要说的话。

"感谢神，幸好他们都平安无事！"

克拉菲小姐仔细地辨认着邮戳上的地址，

然后飞快地、飞快地，

火速前往马戏团所在的城市……

　　吉卜赛夫人有一颗充满魔力的水晶球，透过水晶球，
她看到了正在赶往马戏团的克拉菲小姐，这让她有点焦躁不安。

她拿着一件狮子戏服，对玛德琳和派皮淘说：

"瞧，这件狮子戏服可真有趣啊，你们俩不想进去玩一玩吗？"

两个孩子一钻进戏服里，吉卜赛夫人立刻拿起针线把他们缝在了里面。
狮子戏服变得鼓鼓囊囊，没有人知道里面究竟装的是什么东西。

马戏团的节目一场接一场，狮子的表演也一遍又一遍，
大狮子吼一吼，观众们吓得直发抖。

表演结束后，小丑会喂大狮子吃东西。
吃完晚饭，大狮子又被抱去床上睡觉。

在一个阳光明媚的清晨，
大狮子忽然从窗户跳出来。

沿着山坡往上爬，到处鸟语花香，
穿过一片树林后，大狮子来到了一个农场。

它并没有伤害大家的意思 ，
可是农夫们看见大狮子全都吓坏了。

动物们也都吓得四处逃窜。

大狮子看见一位猎人，急忙赶上前：

"求你帮帮我们吧，我们被困在这件狮子戏服里了。"

谁知，猎人吓坏了！
拿起枪撒腿就跑。

"看来狮子只能待在马戏团，或是动物园。
我们还是回去吧，这样走在外面是会有生命危险的。"

于是，他们又回到了马戏团，
刚好赶上了表演的时间。

"快看啊！"

玛德琳忽然喊道，"快看第一排坐的是谁！"

"真的啊！是大家来找我们了！"
派皮淘看见后激动地说。

他们冲向了观众席：

"亲爱的克拉菲小姐，见到你真是太高兴了！请允许我们给你一个大大的拥抱！"

而另一边的吉卜赛夫人正在角落里抹着眼泪，
因为她知道孩子们就要离开马戏团了。

　　　　大力士难过极了，顺着脸颊留下了两行眼泪。

平时总是爱笑的小丑，现在也是满面愁容，大家依依不舍地送别了两个孩子。

孩子们都特别喜欢旅行，

因为可以坐飞机、轮船，

还可以坐火车。

这场旅行很快就结束了，
大家又回到了老房子里。

换下脏兮兮的衣服，

舒舒服服地洗个热水澡，穿上刚洗过的衣服。

十二个小姑娘又可以排成两行吃面包，
排成两行刷牙，排成两行睡觉了。

"感谢神，你们都平平安安！晚安啦，我亲爱的小公主们！
快躺下乖乖地睡觉吧！"
克拉菲小姐熄了灯，关上了门。

没过多久，克拉菲小姐又打开门，
仔仔细细地把孩子们又数了一遍。

第五章
难忘的伦敦之旅

在巴黎，有一栋老房子，

绿油油的青藤爬满了屋外的墙壁。

老房子里住着十二个可爱的小姑娘，小姑娘们不论做什么事情，总喜欢排成两行。

在每个清晨九点半，

女孩儿们会排成两行离开老房子。

她们中有个女孩名叫玛德琳，就是个头最小的那一位。

老房子隔壁还有一所老房子，

小男孩派皮淘就住在那所房子里，

他是西班牙大使的宝贝儿子。

西班牙大使当然不用交房租了，可是他被派到哪个国家，他的家人也要一起跟着搬走。

很快，他又要带着他的家人，还有他那顶高高的礼帽，

一同搬去英国，除了他们家的那只猫。

　　"我可是巴不得不用去呢！"

　　猫咪说，"好不容易可以摆脱那个淘气包了，

　英国的大使馆一定也有很多猫，让他去折磨那些家伙吧。"

可小姑娘们却哭哭啼啼地说："呜呜——我们也好想去伦敦玩啊。"

　　派皮淘自从来到了伦敦，整天茶不思饭不想的，眼见他整个人迅速地消瘦下去，大使夫人说："天哪，我的孩子生病了，这里没有玛德琳那些可爱的孩子们，他自己一个人在这里实在太孤单了。"

大使先生急忙拨通了巴黎的电话：

"您好，克拉菲小姐，小派皮淘目前的状态非常不好，

没有朋友在这里，这让他很孤单，

他非常想念玛德琳和其他的小伙伴们。

大使馆的房间足够宽敞，

诚挚地邀请您能带着小姑娘们一起来伦敦玩。"

"亲爱的宝贝们，快收拾你们的行李，

我们要去赶飞机啦。"

把鲜花摆满房间，

把国旗高高挂起，

厨师们也在忙碌着，
为给派皮淘烤出最美味的生日蛋糕。

十二张小床也整齐地摆放好，
为了迎接姑娘们。

九点半，飞机准时降落。

"今天真是阳光明媚，天朗气清，欢迎大家来到伦敦。"

"哎呀！"克拉菲小姐忽然大叫，

"今天是派皮淘的生日啊，我们竟然忘记准备生日礼物了。"

玛德琳说："派皮淘一直想拥有一匹马，可是我们的钱根本不够啊。"

好在伦敦有一个地方，

在那里可以买到退役的马匹。

她们找到那个地方，

精心挑选了一匹温顺又高大的马作为礼物。

虽然很多马老了以后会被制成胶水，
但是这一匹老马再也不用为此担心了。

经过一番梳洗，你瞧，
这匹老马依旧是威风凛凛。

"亲爱的派皮淘，祝你生日快乐！

这匹可爱的马儿是送给你的生日礼物。"

"滴滴——答答——"围墙外面的小路上忽然传来了号角声。

那是女王的护卫队从这里经过。

忽然，驮着玛德琳和派皮淘的马儿跳出围墙，跑到了队伍的最前方。

原来，

这匹高大威武的马儿在退役之前，

曾是皇家骑兵队的一匹领头马。

这一下克拉菲小姐又被吓得直冒冷汗：

"天哪，玛德琳和派皮淘又不见了！"

"快，我们快点出去找一找他们。"

"孩子们小心，过马路的时候一定要注意安全啊。

要看一看两边，没有车了才能走到对面去。"

大家很快就走累了，他们决定先休息会儿，喝口茶，吃一点松饼。

忽然"滴滴——答答——"听，是从那个方向传来的小号声。

这些鸟儿们已经不是头一回看见巡游的队伍了。

但它们却依旧充满兴趣地观看——
多观赏一遍也不错啊。

路上挤满了来观礼的人——

就连船上、
岸边也都站得满满当当。

巡游的队伍中还有吉祥物和乐队，真是既浩大又壮观。

皇室成员们全站在观礼台上，
看着台下忠诚威武的队伍。

夜幕降临的时候，巡游结束了，整个城市都渐渐安静下来。
而对于玛德琳来说，这次奇妙的经历却是久久不能忘怀。

　　巡游结束时，已经是晚餐时间了，克拉菲小姐要赶快找到玛德琳他们，
好一起回去用晚餐。看啊，在白厅的入口处，
他们就站在那里，像卫兵一样威风。

这一趟伦敦之行充满了乐趣，

让我们唱起歌、跳起舞，来庆祝这么美好的一天。

大家吃完美味的晚餐和蛋糕之后，

就躺在小床上安安静静地睡觉了。

而此时，驮着他们跑了一天的马儿却还饿着肚子，
大家似乎已经忘了它的存在。

在茅草屋里，住着一个满身补丁、头戴圆帽的人，他是一名辛勤的园丁，
他最开心的时候，就是每天清晨看见阳光下的花瓣上闪耀着露珠，
花儿们扬起笑脸像是在和他说"早安！"

勤劳的园丁每天都准时来到花园，
伴着日出，给花儿们浇水。

可是今天，
眼前的这一切却让他大吃一惊：

雏菊和玫瑰的茎秆上全都光秃秃的，
花儿全都不见了！

"我辛辛苦苦、精心照料的这一切全都没了，
这真是让我悲痛不已！"

"芹菜、胡萝卜、西红柿、大豆和豌豆
怎么也不见了？
苹果树上的苹果为什么也一个都没有了？"

大家看到眼前的景象都难过地
落下泪来，
眼泪啪嗒啪嗒不停地流下。

大家快看，
是谁四脚朝天躺在那里呢？

"它还活着呢，我能感觉到它在呼吸。
派皮淘，快去找个兽医来瞧一瞧这个
可怜的家伙吧。"

兽医检查后说：

"大家不用担心，它只是睡得太香了，大家一起帮忙把它翻个身吧。"

　　"青苹果和玫瑰是一匹老马最不该吃的东西。"医生说。

　"花园里的这些东西，全都进了老马的肚子里了，尊敬的大使夫人，

　　　还请您原谅这匹饥饿的老马。"克拉菲小姐抱歉地说。

"没关系的，只要一些阳光和雨水，花园很快就又能充满生机了。"

大使夫人说，"只是，这匹马恐怕不能继续留在这里了。"

"我有好办法，派皮淘，就放心地把它交给我吧。"
玛德琳大声说道。

"亲爱的孩子们，记得系好安全带，再过半个小时，我们又能看到埃菲尔铁塔了。"

克拉菲小姐叮嘱道。

回到家里，墨菲太太已经站在门口迎接了，

"玛德琳，玛德琳，你们去哪里了啊？"　"我们到伦敦去拜会女王陛下啦！"

"晚餐终于不再是十三个人了。"
孩子们给老马喂了面包，还帮它刷了牙。

晚上又帮它盖上了被子，
让老马能躺在床上好好休息。

　　"愿你们平安、健康，我亲爱的小公主们，祝你们做个好梦。"
克拉菲小姐说。然后她熄了灯，关上了门。十二个在楼上，一个在楼下。

第六章
魔幻的圣诞夜

在巴黎，有一栋老房子，

绿油油的青藤爬满了屋外的墙壁。

老房子里住着十二个可爱的小姑娘，

小姑娘们不论做什么事情，总喜欢排成两行。

在每个清晨九点半，女孩儿们会排成两行离开老房子，

不管是风雨交加，还是风和日丽。

她们中有个女孩名叫玛德琳，

就是个头最小的那一位。

玛德琳就算看见老鼠也一点都不害怕。

她最喜欢的就是冬天，因为可以去滑雪和溜冰。

玛德琳就算在动物园里看见凶猛的大老虎，也会满不在乎地冲着老虎说：

"喵呜—— 喵呜——"

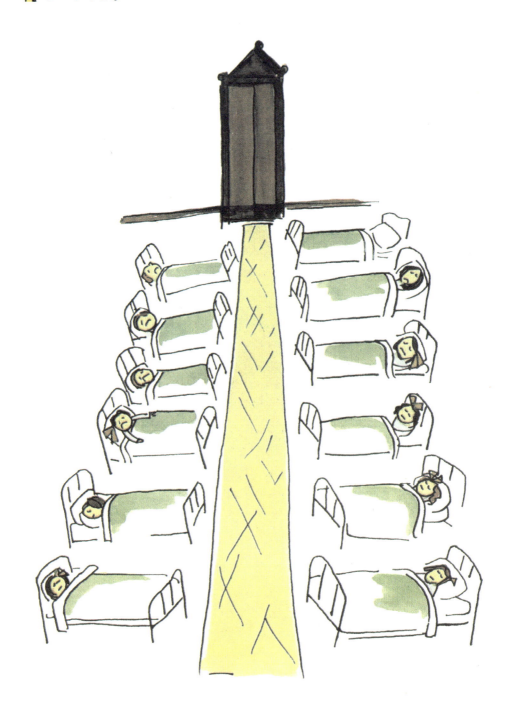

圣诞节的前一夜，老房子里安安静静，
大家都已经休息了，就连老鼠也都回到洞里睡大觉了。

　　和老房子里的其他人一样，这只小老鼠也得了重感冒，
所以也早早地回到洞里休息了。不过，玛德琳却意外地一点事情也没有。

于是她跑上跑下，

忙里忙外地照顾着生病的其他人。

她也一点都不觉得累。

这时，"叮咚——叮咚——"
门铃声响起，玛德琳惊奇地瞪大了眼睛。

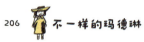

会不会是圣诞老爷爷在敲门啊？
玛德琳急忙冲过去把门打开——

原来门外站着的是一个地毯商人，
他拿着不多不少正好十二张地毯。

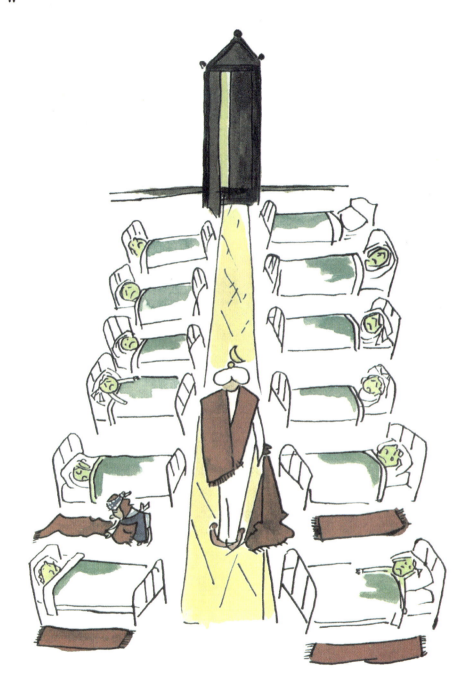

"你来的真是太巧了！"玛德琳说道，

"大家正需要这些地毯来温暖她们冰冷的脚呢。"

"我觉得你的主意真是不错呢！"
克拉菲小姐夸赞道。

"这是买地毯的钱，请您收下！"
玛德琳说着把钱递了过去。

地毯商人卖掉了所有的十二张地毯，自己却被冻成了重感冒。
他开始有些后悔：
"我真是太傻了，居然一张都没有留下来，
没有地毯可以披在身上，我觉得自己快冻成冰棍了！"
于是他决定回去把地毯再要回来。

地毯商人一步步艰难地往回走，
当他走到老房子的门口时，已经被冻得动也不能动了。

机智的玛德琳很快就想到了办法，
来温暖这位冻僵的地毯商人。

这位又瘦又高的地毯商人，居然还是一位魔！法！师！
当玛德琳喂他喝药的时候，他毫不犹豫地就喝下去了。

魔法师又吞下一粒药丸，他对玛德琳说："玛德琳，我可以帮你实现你所有的
愿望。"玛德琳说："那可以帮我把水池里的碗洗了吗？"

"有您帮我洗碗，我就可以去外面转一转啦，
去看看能不能找到一棵漂亮的圣诞树。"

忽然，魔法师的戒指闪过一道光，神奇的事情就发生了，碗池里的餐具居然自
己就变得干干净净的，而玛德琳也"咻"的一下飞进了碗柜里面。

魔法师口里念着咒语：

"阿布拉卡沙拉卡毯子飞！"

魔法师一念完咒语，
十二张地毯忽然飞了起来。

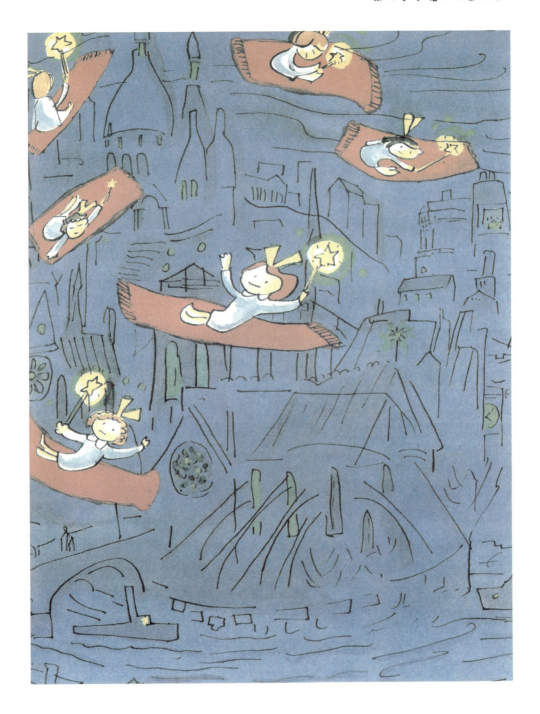

而在地毯上面，坐着十二个小姑娘，

她们一起向空中飞去——

飞回了各自的家，给爸爸妈妈一个大大的惊喜，
小姑娘们和家人们一起度过了一个愉快的圣诞夜。

　　第二天，克拉菲小姐的病也好了，她摇着铃铛叫姑娘们起床，
当铃铛响起的时候，咒语一下子被解除了，温暖的阳光笼罩着老房子。

小姑娘们又坐着飞毯回到老房子，不多不少，正好十二个，
"让我们一起祝亲爱的朋友们，新年快乐！"